Tais-toi !

Texte : Amélie Billon-Le Guenec
Illustrations : Gaëlle Boulanger

Éditions Chant d'orties

Se taire…

CHUT !

Ne rien dire,
attendre sagement,

PATIEMMENT

que les grands terminent.

Surtout ne pas bouger.

Moi, j'aime pas le silence,
il est triste, froid, sombre et
NUL.

Je m'ennuie assise, à table et
AU MILIEU.

Pas le droit d'intervenir, de dire un mot.
- Couper la parole, c'est pas poli.

Moi, j'ai envie de danser, de sauter, de chanter,
de **CRIER**.

Mais chut,
le bébé dort,
maman travaille sur l'ordinateur
et papa est au téléphone.

Eux c'est sérieux, important et
URGENT.

- Les papiers ne peuvent pas attendre !

Moi, SI.

Je suis à côté,
au milieu
ou
DERRIÈRE
l'ordinateur.

J'attends qu'ils terminent
mais personne ne me voit.

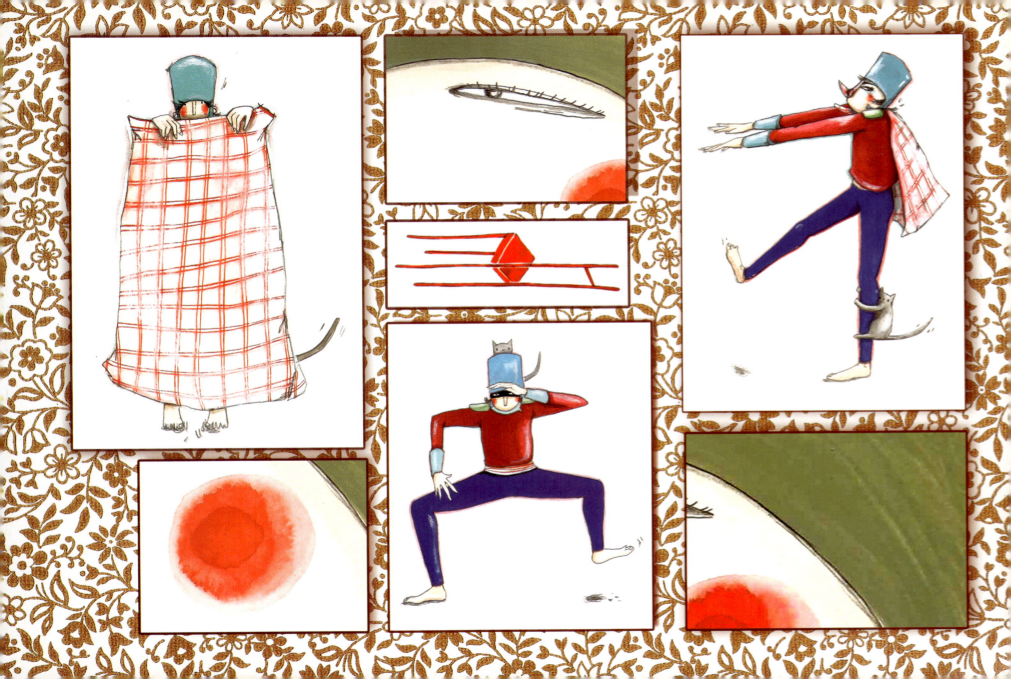

Alors je parle plus **FORT**.
Plus fort qu'un lion.

Ils se tournent,
me **CONTOURNENT**
puis se détournent
et retournent
à leurs occupations
plus qu'importantes :
tondre la pelouse,
préparer les prochaines
vacances ou s'occuper du repas.

J'ai envie de dire **JE SUIS LÀ**, mais à quoi bon ?

C'est pas le moment, il est pas l'heure :
— Je parle avec tante Séverine.
Je suis en avance.
— Plus tard ma chérie, j'ai bientôt terminé.
Ou trop en retard :
— Fallait venir plus tôt pour casser les œufs, le gâteau est cuit.

Je passe donc mon tour.

Je ferme
mes yeux,
mes oreilles
et ma **BOUCHE**.

À l'école, chez le boucher
et à la maison.

Je me tais.

Mes parents et tous les autres grands
me grondent :
– Mais voyons, réponds-nous !

Ils me réconfortent et
cherchent partout ma
VOIX.

Dans leur télé, leur téléphone, livre,
voiture, courses, four, ordinateur, factures...
et même dans l'**ASPIRATEUR** !

Mais pas au bon endroit,
pas dans **MOI**.

Au moins ici, dans mon ventre,
elle peut crier, chanter ou chuchoter,
elle ne gêne pas.

Mais ma voix a envie de prendre l'air,
c'est plus fort qu'elle,
je le sens,
à l'intérieur.

Aller voir ailleurs et se mélanger aux autres.

RUGIR,
           HENNIR,
                      ABOYER

à volonté, dans le téléphone, le téléviseur et l'ordinateur.

AAAAAAAAHHHHHHHHHHHHHHHHHHHHHH
voilà c'est fait !

Là, je ne suis plus invisible.
Là, on s'arrête pour m'écouter,
les yeux grand ouverts.
Ça doit être important, urgent ou sérieux.

Mais j'ai rien à dire.

J'ai le droit,

NON !

Ton théâtre de papier

Découpe sur les pointillés et plie suivant les lignes dans la page suivante. Colle les pattes bleues de la chaise pour qu'elle tienne debout et accroche les membres de ton personnage avec des attaches parisiennes après avoir évidé les ronds. C'est parti, tu peux donner de la voix !

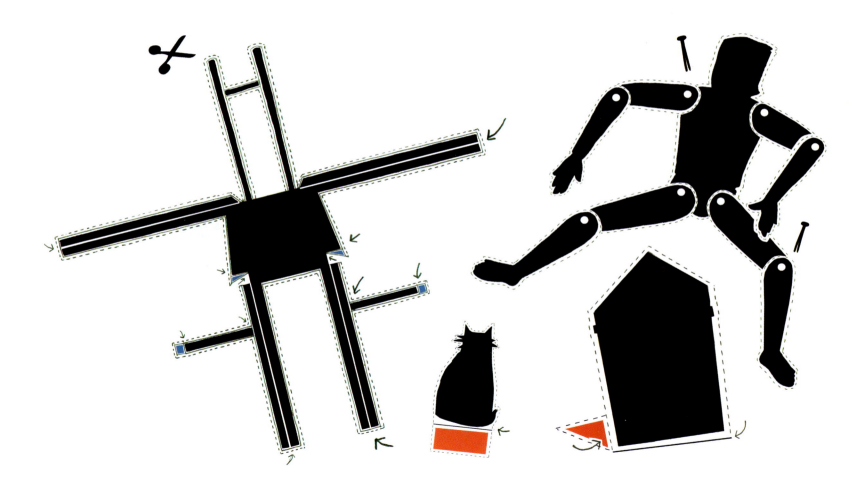

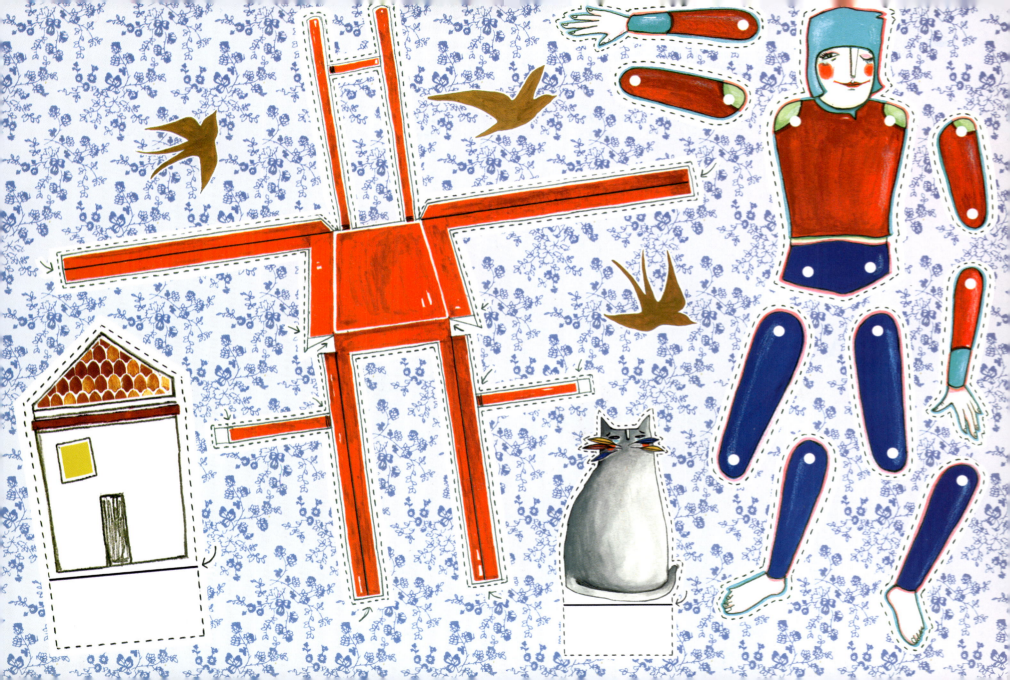

Tais-toi !

ISBN: 978-2-918746-13-3
Collection Les coquelicots sauvages
ISBN: 2104-7073

Achevé d'imprimer par 3A
sur les presses du Ravin bleu
à Quincy-sous-Sénart en mai 2013

Dépôt légal 2e trimestre 2013

© Chant d'orties 2013
http://chantdorties.free.fr
chantdorties@free.fr